류예주 대표는 삼성전자 글로벌 구매팀에서 14년간 근무하며

2013년과 2021년 삼성전자 인상을 수상하였습니다.

14년 동안 다양한 경험을 쌓으며

글로벌 기업에서의 삶을 살아왔습니다.

삼성에서 근무하던 중,

불황 속에서도 끊임없이 성과를 내는 회사의 비밀을 배우고,

그 안에서 자신만의 성장을 키웠습니다.

하지만 결국, 더 큰 자유와 주도적인 삶을 위해 과감히

퇴사 결정을 내리고 새로운 도전을 시작했습니다.

현재는 전자부품 에이전트 '비욘드 바이'의 대표로,

기업들과의 협업을 통해

비즈니스의 가치를 확장시키는 일을 하고 있습니다.

책 속에는 대기업과 스타트업, 두 세계를 오가며

쌓아온 독특한 경험들과 그 속에서 얻은 통찰을 담았습니다.

일과 삶에서 끊임없이 답을 찾고,

성장해온 여정을 통해 독자들에게 작은 영감과

용기를 전하고자 합니다.

**매출은 높은데
순수익이 낮은
당신에게**

마케팅없이

순수익 올리고 싶어

류예주 지음

저자는 삼성전자에서 14년 동안 일한 후, 작년에 퇴사하여 구매 컨설팅과 전자부품 에이전트를 시작했습니다. 그런데 사람들은 유독 두 가지 질문을 자주 합니다. "삼성은 어때?" 그리고 "왜 퇴사했어?" 이 질문을 받을 때마다 저자는 "어디서부터 어떻게 말해야 할까?" 고민이 되곤 했습니다.

그래서 이 책을 썼습니다. 삼성에서 14년 동안 배운 것들, 그 안에서 느낀 점들을 솔직하게 담았고, 퇴사 후 경험한 변화와 새로운 도전을 나누고 싶었습니다. 이 책은 **삼성이 어떻게 불황 속에서도 계속해서 수익을 낼 수 있었는지 그 비밀을 풀어내고, 또한 직장인이 직장인의 위치에서 벗어나 주체적으로 살아가는 방법**을 이야기합니다.

"왜 퇴사를 했을까?" 하고 묻는 사람들에게, 저자는 단순한 이유를 떠나, 어떻게 내 삶의 주인이 될 수 있는지에 대한 고민을 전하고 싶었습니다. 삼성에서 배운 시스템과 마인드를 통해, 어떻게 내가 원하는 삶을 살아갈 수 있는지, 직장인이지만 직장인의 틀에 갇히지 않고 더 큰 세상으로 나아가는 용기를 주고자 했습니다.

이 책은 삼성에서 일했던 저자의 이야기를 넘어서, **어떤 상황에서도 내가 주도적으로 나만의 길을 갈 수 있다는** 자신감을 심어줄 것입니다. 직장에서 벗어나 자신만의 길을 찾고 싶은 모든 이들에게, 작은 용기와 큰 힌트를 주는 책입니다.

저자 소개

39살 대기업 그만두고
창업한 여자 이야기

안녕하세요.

나는 삼성전자 근무 시절 회사를 굉장히 사랑하는 사람이었습니다.

회사가 적자면 어떻게 흑자를 낼지 고민하고,

원자재가 상승하거나 협력사가 가격을 올려달라고 했을 때는

이걸 어떻게 해결해야 할까를 늘 고민하는 사람이었습니다.

많이 사랑했기 때문에 14년 동안이나 일했는지도 모르겠습니다.

그러다가 제 직장 생활에서 크게 두 가지를 겪게 되었습니다.

첫 번째는, 리모컨 업체 부도입니다.

저는 2012년에 리모컨 구매 담당자였습니다.

그때 리모컨 업체가 부도가 났습니다.

중국 춘절 이후로 에어컨 성수기가 오는데 해결 방안도 찾지 못한 채로 에어컨 성수기를 맞게 되었습니다.

그때 정신적으로 너무 힘들었던 시기였습니다.
회사에서 건강검진을 받았는데 삼성 강북병원 정신과 의사에게 연락이 왔었습니다.
문제가 심각하니 상담을 받으라고요.

이때 저는 깨닫게 되었습니다.
나사 하나만 없어도 우리 회사 제품 생산을 못 하는구나.
일 년 장사를 망치게 되는 거구나.

공급처가 불안할 경우와 수익이 나지 않을 때는
회사의 존폐가 결정됩니다.

이때 저는 365일 24시간 일을 하면서 대응했었습니다.

그리고 결국 엔데믹을 맞이하게 되고 상황은 해결이 되었습니다.

그 당시에는 하루하루가 지옥 같고 너무 힘들었습니다.

너무너무 아픈 날도 단 하루를 못 쉬었습니다.

어버이날, 어린이날, 설날, 주말까지 1년 내내 출근했습니다.

병원에서 링거를 맞다가 회사 연락을 받고 링거를 빼고

출근했습니다.

저는 그렇게 주어진 일에 최선을 다했고

결국 안정을 되찾았습니다.

저는 그 일을 겪고 깨달았습니다.

그리고 확신이 들었습니다.

나에겐 회사가 위기가 닥쳤을 때,

제가 해결할 수 있는 능력이 있다는 것을요.

지금은 저에게 그 모든 때가 매우 소중한 시간이었습니다.

지금은 어떤 일을 겪어도, 뭐든지 다 견뎌낼 수 있는

마인드와 멘탈을 가졌습니다.

리모컨 업체 부도 때 리모컨에 대해 많은 걸 알게 되었습니다.

리모컨을 해부하고 어디서 병목 현상이 일어나는지를 파악하고,

업체 이원화, 삼원화를 시키고 리모컨 하위 자재도 미리 비축하고,

표준화시키고 TV 사업부와 통합 물량으로

가격 협상도 하였습니다.

그래서 그다음 해에 리모컨으로

원가절감 100억 원 달성하였습니다.

2013년에 저는 원가절감 부문으로 삼성전자 인상을 받게 되었습니다.

'한번 해본 것'은 인생에서 엄청난 힘이 된다고 합니다.

이 경험 이후에도 삼성전자에서 무수히 많은 수급 난관과

가격 이슈가 있었습니다.

하지만, 큰 문제를 해결해 봤다는 것으로 많은 자신감과

해결 능력이 생겼습니다.

여러분들도 많은 일이 있어서 매우 힘드시고 지치실 때가

많을 것입니다.

저도 같은 감정을 느꼈고 똑같은 고민을 했으니까요.

연습과 축적에 따른 결과는 실천에 달려있습니다.

결코 혼자가 아니기에 잘 이겨내셨으면 좋겠습니다.

여러분의 행복과 건승을 빌겠습니다.

감사합니다.

류예주 드림.

전문컨설팅 <XYZ Plus>
이봉진 파트너(전 자라코리아 대표)

저는 학부와 대학원에서 마케팅 전공을 하였습니다.

하지만 지나서 보니, 내가 목표를 달성하고 성공하게 되는데 SK,
까르푸, ZARA 등 전혀 이질적인 다양한 산업에서 기대 이상의
많은 성공을 만들어 낼 수 있었습니다.

매번 정말 좋은 사람들과 약간의 행운들 덕분에 기대 이상의 많은
성공을 만들어 낼 수 있었습니다. 그런 일련의 성공을 끌어내는
데 정작 마케팅 덕분에 성공하였다고 할 수 있는 경우는 정말
드물었던 것 같습니다.

그보다는, 상품, 구매, 인사, 기술 등 다른 여러 경영 요소를 재평가
하고 강화해 가는 것만으로도 성공하는 데에 충분했던 것 같고 마
케팅을 전공할 필요는 그리 크지 않았던 것 같습니다. 기본이
탄탄하면 마케팅 전략 효과가 더 좋아지고, 기본이 약하면, 마케팅
은 효과가 나오지 않았습니다.

어설프고 성급한 마케팅에 매달리기보다는 문제를 깊이 들여다보고 근원적인 문제를 해결하고 시스템과 조직을 강화해 가는 것이 답답해 보일지 모르지만 이것이 옳은 길이었습니다.

류예주님의 이번 글을 읽다 보니 제가 30대였던 시절 SK와 까르푸에서 일을 하면서 직접 겪었던 나의 경험과 생각이 일치하는 부분들이 많아서 쉬지 않고 재미있게 읽어 내려가게 되었습니다.

그 시절이나 지금이나 SK, 까르푸, 삼성이 시대가 달라졌고 산업이 다르고 회사가 다르지만 의외로 너무나 많은 부분에서 성공하는 기업들과 그 성공을 이끌어 가는 사람들에게는 분명히 변치 않는 공통의 성공 요소를 찾아 내게 됩니다.

그것은 지식, IQ, 체력, 학력, 스펙이 아니라 각 구성원과 단위 조직의 마음가짐, 태도, 목표 의식, 그리고 그 실행력이 승부를 결정짓는다는 것을 다시 확인하게 됩니다.

'중국어를 해야 하는 일이면, 중국어를 잘하는 사람을 뽑지 않고, 성실하고 끈기 있고 문제를 해결할 수 있는 사람을 고용해 중국어 교육을 합니다'

예전에도 그랬지만, 갈수록 지식, 정보, IQ, 스펙은 상향 평준화되어 버리고 있고 웬만한 자원은 갈수록 더 싸게 더 빠르게 누구나 언제나 확보할 수 있게 되면서, 개인과 개인 그리고 회사 대 회사의 경쟁에서 자원의 차이로 승부를 결정짓기는 쉽지 않아지고 있습니다.

그보다는 사람들의 태도와 목표 의식, 책임감이 결정을 짓게 된다고 봅니다. 지금도 그리고 AI와 로봇이 넘쳐나게 될 미래에도.

이 책을 읽어 보면서, 다시금 경영에 중요한 것이 그 어떤 사업이든 그 어떤 나이와 직위의 사람이라 하더라도 결국 기본에 충실함과 개인의 태도와 의식에 달려있음을 재미있게 재확인시켜주는 훌륭한 경험 서라고 봅니다.

요즘 들어, 제가 만나는 분들에게 이야기해 주게 되는 것이, '인생?
이거 별거 없어, 그리고 한번 살고, 한번 가는 거지 않아?
절실히 이루고 싶은 자신만의 목표가 있어야 해, 그리고 서슴없이
질러 나가 봐
인생? 이거 한 번 사는 거잖아!'

류예주님의 지금까지의 삶에서 남들이 해보고 싶은 것을 해내고,
이렇게 새로운 도전을 하게 된 것은, 약간의 행운과 실행력이라고
봅니다.
지금 성공을 바라는 많은 젊은이들에게 류예주 님의 이야기를
권해드리며 추천사를 마칩니다.

감사합니다.

골프웨어 <어메이징크리>
배슬기 대표

이 책은 저의 대학 후배이자, 가끔씩 동문들과 함께 라운딩을 즐기는 친근한 후배가 그동안 겪은 경험과 인생의 노하우를 담은 이야기입니다.
삼성전자라는 최고 기업에서 오랜 시간 열정을 다해 일하며 얻은 통찰과, 스스로 새로운 길을 개척하며 사업가로서의 삶을 살아가는 그의 모습은 제게도 큰 영감을 주었습니다.

젊은 나이에 겪어야 했던 고군분투의 순간들, 그리고 매 순간 열정적으로 몰입하며 깨달은 인사이트가 고스란히 담겨 있어, 단순한 성공과 성취를 넘어 진정한 삶의 방향과 의미를 찾고자 하는 독자들에게 깊은 울림을 줄 것입니다.

이 책은 직장 생활에 첫발을 내디딘 사회 초년생들, 그리고 자신만의 길을 개척하고자 하는 모든 이들에게도 실질적인 도움과 용기를 줄 것입니다.
우리 모두에게 친근하면서도 든든한 후배인 저자가 전하는 진솔한 이야기가 앞으로의 삶을 여는 데 훌륭한 등불이 되리라 확신합니다.

비즈니스 교육회사 <에이그라운드>
김서한 대표

류예주 대표님을 만난 건 삼성전자를 다니면서 어떤 사업을 할까 고민을 하던 중 비즈니스 코칭을 맡게 되었습니다.

초반에 직장인의 사고방식을 그대로 가지고 있었던 사람이 3개월 정도 만에 자신의 사명을 찾고 과감하게 회사를 자신만의 커리어로 개척해 나가는 모습을 보고 감동을 받았습니다.

직장에 다니고 있거나 원가절감, 구매 직무 등 직장인이든 사업가이든 이 책은 직장과 사업의 어느 중간에서 가장 좋은 인사이트와 솔루션을 제시하고 있습니다.

류예주대표님 책에서는 대표님이 쌓아온 지혜와 통찰력을 이 책 한 권에 집대성한 결과물로 저와 같은 많은 이들에게 큰 도움이 될 것입니다. 모든 독자가 이 책을 통해 커리어와 삶의 새로운 도약을 경험해 보기 바랍니다.

차례

01부

02부

03부

01부

왜 일하는가?

"20대 후반, 나는 마치 사랑하는 연인을 대하듯 일을 대했다.

그만큼 일에 흠뻑 빠져들었다. 하루 종일 일만 생각했고, 꿈속

에서도 연구하고 공부를 할 정도였다."

– 왜 일하는가, 이나모리 가즈오 지음

나는 25살에 삼성전자에 입사해서 주변 선배 및 동료들

에게 매일 듣던 얘기이다.

"너는 왜 이렇게 열심히 해?"

"대충 하고 그만 집에 가."

하지만, 나는 하루 종일 있는 회사에 어떻게 대충 하는

거지? 강약 조절이 어려웠다.

결국 오늘도 몰입했다.

매일 밤 10시에 퇴근했다.

다음날 출근을 위해 어쩔 수 없이 퇴근했다.

급기야 일요일에도 스스로 출근하곤 했다.

이상하게 멈출 수가 없었다.

1조 2천억 원

연간 구매액 1조 2천억 원.

내가 2009년 신입 사원 때 맡았던 원자재 구매금액이다.

생활가전 구매의 핵심은 원자재라고 했다.

꼭 해보고 싶어서 손을 들었다.

꼭 해보고 싶었다.

삼성전자의 장점은

임직원에게 기회를 준다는 점이다.

하지만 패기 넘치던 사원은

연간 구매액 1조 2천억 원의 압박을 잘 견디지 못했다.

사업부장님 보고

미래전략실 보고

CFO 보고 등

매주 굵직한 보고서가 하나씩 있었다.

보고서를 쓸 줄 모르는 사원은

글을 썼다 지우기를 하루 종일 반복했다.

계속되는 업체들의 인상 요구에 어떻게 대응할지 몰라

전전긍긍했다.

매일매일 전화가 오고, 찾아오고

인상 안 해주면 공급을 끊겠다며 협박을 받았다.

나는 빚쟁이가 되었다.

표준화된 레진 컬러가 없어

디자이너들의 신규 컬러 개발이 계속되었다.

결국 화이트칼라만 10종이 넘었고

레드블루까지 *소 Lot 다품종으로

레진 업체의 가격 인상 요청이 지속되었다.

어떻게 해결할 것인가

매일 나의 회사 생각은 계속되었다.

---

*소 Lot = small lot production

구매팀이 무슨 일을 해?

회사에서 퇴사하고 보니

구매팀이란 곳이 뭐 하는 곳인지? 왜 있는지?

모르는 분들이 대다수였다.

생각해 보니 나도 신입사원 때 구매팀에 배정되었다고

하길래 도대체 뭘 구매하는지?

구매팀이 하는 일에 대해 모른체 들어갔다.

원가 결정 프로세스에서 자사가 요구하는 스펙에 맞춰

부품을 조달하는 경우 부품 원가는 도면,

사양서의 내용 수준에 절대적으로 영향을 받는데

이는 도면, 사양서가 결정된 단계에서

이미 원가의 80% 정도 결정되기 때문이다.

원가절감 실행 Process 중에서 제조업에서는

원자재는 제품의 자재를 사서 판매하는 물건을 만든다.

예를 들면, 도시락을 만들려면 식자재를 사야 하고

그림을 그리려면 캔버스와 물감을 사야 하듯이

원재료를 사야 한다.

전자 회사의 경우도

냉장고, 세탁기, TV, 핸드폰을 만들려면

원자재(철판, 레진, 동, 구리 등), 반도체, 전자회로

부품, 전장 부품(모터, 펌프, 배터리 등)을 사야 한다.

삼성전자의 경우,

매출 약 200조 이상의 Global 기업이고 판매

수량이 워낙 크니 원재료의 구매 금액도 상당히 크다.

그렇기 때문에 가격 결정뿐만 아니라, 협력사 운영안에
대해서 (협력사를 몇 군데로 선정할 것인지, 어느 국가
에 있는 협력사를 선정할 건지 등)
스펙이 확정되기 전부터 개발부서와 협의하여 협력사를
선정한다.

그 이유는 도면, 사양이 이미 결정된 단계에서는
원가의 80%가 결정되기 때문이다.
원가의 80%가 결정되면 구매팀에서는
이미 속수무책이다.

따라서, 도면과 사양이 결정되기 전부터 구매팀이
참여하여 협력사 선정을 해야 향후 가격 협상 및
공급 안정화에 기여할 수 있다.

이런 일을 하는 부서를 '개발 구매'라고 부른다.

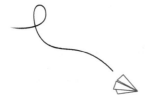

우환

2019년 코로나 때였다.

하루하루 뉴스에서는 코로나 걸린 사람 수가

갱신되었다.

처음 느껴보는 두려움이었다.

코로나가 내 곁까지 왔다는 게 느껴졌다.

중국 우한에 있는 협력사 공장이 중단되었다.

긴급히 한국에 있는 직원을 불러 자초지종을 말했다.

중국 정부가 가동 중단 명령을 내렸고

회사에 집합도 못 한다고 하였다.

다음날도 그다음 날도 중단은 계속되었다.

삼성전자가 북미 지역에서 파는 오븐에 들어가는
자재 단독 협력사였다.

다른 회사의 공장은 가동 중단인데
삼성전자가 생산하는 말레이시아 공장에서는
중단 소식이 들리지 않았다.
확진자가 생기면 다음 날 소독을 하고 생산이 재계가
되었다.
삼성전자 베트남 공장은 임직원 모두 공장 내에서
텐트를 치며 생산을 이어 나갔다.

세계의 온 지역이 shut down이 되어서 온갖 자재의
생산과 조달이 안 되는데 삼성전자는 달라고
아우성쳤다.
삼성전자 말레이시아 법인이 갖고 있는 재고는
결국 바닥을 드러내고 있었다.

첩보 작전

오늘도 기대되는 하루가 시작되었다.

나는 오늘도 내가 원하는 모든 선한 일을 이룰 것이다.

— 켈리 최, '아침 긍정 확언' 중에서

내가 2021년 반도체 SCM 담당일 때부터 매일 듣는

아침 긍정 확언이다.

일어나자마자 듣고

출근길 한 시간 동안 듣고

일하다가 듣고

점심시간에도 무한 반복으로 들었다.

2021년 그리고 2022년

긍정 확언 없이는 단 하루도 버틸 수 없었다.

그만큼 매우 힘들었다.

힘들었단 말론 부족하다.

나는 머리로는 긍정 확언을 계속 부정했다.

오늘 하루가 전혀 기대가 안 되는데

받아들일 수 있을 때까지 무한 반복을 했다.

제조팀 20명이 있는 방에 초대되어서

매일 갈굼을 당하고

해외 법인들은 반도체를 달라고 매일 닦달하였다.

아침에 출근하면

영업, 마케팅, GOC 등 여기저기 온 메신저로

컴퓨터가 마비되곤 했다.

그래도 오늘 무사히 잘 보낼 수 있을 거야. 란

기대감으로 일일 Allocation (배분)을 하였다.

삼성전자에 재고가 워낙 없어서

중국에서 한국으로, 중국에서 해외로, 한국에서 해외로

첩보 작전을 해가며 매일 세계로 짜장면 배달이 1년

이상 지속되었다.

삼성전자 12개 해외법인과 PBA 도급처에 재고가

1~2일 밖에 없어

공급 국가, 받는 국가, 경유 국가가 휴무가 있어서

첩보 작전을 짜지 않으면 제시간에 도착할 수 없었다.

나의 주말

어버이날

어린이날

나의 휴가

나의 잠자는 시간까지 반납되었다.

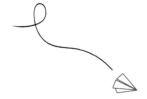

내 꿈은 사업가

"하고 싶은 일을 알아내자마자

실제로 그 일을 하고 있다고 느껴야 해.

왜 네가 그 일을 원하는지 이야기하고,

그 일을 하게 되면 어떨지 묘사하는 거야.

그 일에 관해 설명하고 진짜 그 일을 하는 것처럼

행동하거나 그 일을 했던 때를 떠올려 봐.

느낌이 올 때까지 네가 하고 싶은 일에 대해 생각하는 거야.

기분이 좋아질 때까지 네가 무엇을 하고 싶은지

너 자신에게 계속 얘기하는 거지."

– 시간 여행 (에스더 힉스 지음)

때는 2004년 대학교 1학년 여름방학이었다.

필리핀에 있는 기숙 학원에서 한 달을 보내고 온

인천공항.

멋있는 트렌치코트와 검은색 서류 가방을 든

비즈니스맨이 수화물을 기다리고 있었다.

샌프란시스코를 다녀온 모양이었다.

수학에 흥미가 있어 다행히 기계과를 무사히

졸업했지만

개발팀으로 입사하긴 싫었다.

개발 구매에서 무슨 일을 하는지도 모른 채

선배의 추천으로 개발 구매를 지원하게 되었다.

그렇게 지원한 삼성전자 개발 구매에 합격이 되어

나는 중국 태국 일본 인도네시아 등

여러 나라를 다녔다.

나는 그렇게 내가 생각한 곳으로 해외 출장을 다니며

비즈니스 하는 사람이 되었다.

어느 날 출장길에 인천공항에서
내가 꿈꾸던 사람이 나인 걸 깨닫고
소름 끼칠 때가 많았다.

다른 점이 있다면,
회사의 중대한 미션을 받고 가는 나는
항상 초조하고 매우 긴장된 상태였다.

문제가 잘 해결되길 바랐다.
아니 잘 되어만 했다.

멋있어 보였던 직장인은
사실 매우 떨고 있었다.

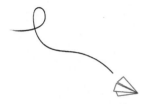

문제가 있으면 해결책도 있다.

2023년 6월 퇴사한다고 그동안 고마웠다고
협력사 담당자분들에게 메일을 드렸다.
한 이사님이 답장이 왔다.

납기 문제가 생겼을 때 류 대표님처럼 협력사
사무실에 와서
직접 해결책을 의논하러 온 사람은 드물다고
나는 문제가 생겨 잘 해결되지 않으면
협력사 사무실로 문제를 논의하러 갔다.
그만큼 이 문제가 심각하다는 것을
각성시키는 것이었다.

그럼, 협력사 대표이사님과 담당자분이

문제 해결 아이디어를 내놓았다.

물론 나도 삼성에서 해야 할 문제 해결 아이디어를

내놓았다.

문제 해결이 안 보였던 사건은

신기하게도 어느 순간 해결이 되었다.

해결하겠다고 마음먹으면 길이 보인다.

그리고 현장에 답이 있다.

현장 방문과 내가 꼭 해결하겠다고

마음먹으면 곧 해결이 된다.

이런 성취감을 느낀 후부터

나는 현장 방문을 서슴지 않았다.

마케팅 없이
순수익 올리고 싶어

삼성을 퇴사하며 바깥세상에 여러 대표님을 만나다 보니
규모가 제법 큰 기업에서도 원재료를 비싸게
거래하신다는 것을 알게 되었다.

매출은 1억 원인데 순수익이 100만 원이라면?

제가 만난 건강 도시락 대표님은 온라인상에서
화젯거리인 핫한 대표님이었다.
외모도 준수하고, 몸도 좋고, 언변이 굉장히 좋아서
대표님 하는 말에 힘이 실리고 믿음이 갔다.

마케팅의 귀재였다.

유튜브로 단 2달 만에 25만 명 이상의 구독자를
만들었다.

도시락은 미친 듯이 팔려나갔다.

하지만, 도시락 생산 업체는 매우 영세했다.

이렇게 도시락이 많이 팔린 경험을 해 본 적이 없습니다.

네이버, 쿠팡 등 여기저기 온라인 플랫폼에서 자재를
구매하고 있었다.

공급하는 식자재에 따라 품질도 일관되지 않았다.

구매하는 식자재도 너무 비싸게 구매하고 있었다.

순수익을 올리려는 대표님은
매출에만 초점을 맞추고 있었다.

식자재 구매 단가를 낮출 생각 대신에 어떻게 하면
많이 팔릴 수 있을까에 만 초점을 두었다.

유튜브로 마케팅했기 때문에 유튜브 알고리즘에 따라
도시락 판매 개수가 널뛰기하였다.
순수익을 많이 남기고 싶어 마케팅을 열심히 하였다.
하지만 알고리즘에 따라 많이 팔리기도 적게 팔리기도
하였다.

저는 도시락 업체의 구매 금액을 파악하였다.
그 구매력을 가지고 전문 유통 식자재 업체에 견적을
받았다.

결국 식자재를 기존 구매 금액보다 10% 낮게 구매할 수
있었다.
순수익이 천만 원이 늘 수 있었다.

저는 삼성전자 구매팀에서 14년 일하였다.
구매팀에서는 협력사 선정 및 단가 결정을 한다.
하지만, 영업에서 매출 목표를 달성하지 못하면,
달성해야 하는 순수익이 역으로 계산되어 구매팀에게

목표 원가절감 금액으로 떨어진다.

즉, 매출을 내지 못했다고 순수익이 줄어드는 것이
아니다.

그해 구매단가를 원가절감함으로써 순수익 목표를
달성해야 하는 것이다.

이것이 바로 삼성전자가 어떠한 불황에도
어떻게 해서든지 이익을 만드는 방법이다.

제가 14년 동안 여러 가지 일을 겪었다.
매출이 떨어진 대표님이 저를 찾아와 울면서
도와달라는 경우도 있었다.

저는 제가 14년 동안 익힌 경험과 성과를 바탕으로
어려움을 겪고 계신 대표님들을 도와드리고 싶다.

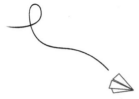

연봉 1억이
연봉 5,000억을 가르치다.

구매팀에서 신입사원 교육 OJT와

삼성전자 거래 협력사 오너 2세 교육을 맡아서

한 적이 있다.

신입사원에게는

구매팀이 무슨 일을 하는지

전략을 어떻게 세우는지

관련 부서와 협력을 어떻게 하는지

삼성전자 거래 협력사 오너 2세들은

구매팀의 역할, 전자부품 설명,

협력사와의 관계 등을 교육했다.

삼성전자 주요 협력사의 오너 2세들은 삼성전자 주최로

약 1년~2년 정도 전문 경영 교육을 받는다.

모든 부서를 돌며 교육을 받고

부서마다 1달~2달 교육을 받을 정도로 자세히 받는다.

오너 2세의 전공은

성악 피아노 경제 기계 공학 등 다양했다.

그때 교육을 하면서

오너 2세에게

"삼성이 왜 오너 2세에게 이렇게까지 교육을 해주냐?"

라는 나의 질문에 오너 2세는

"우리 망하지 말라고요."라고 대답했다.

삼성전자가 주요 협력사 망하지 말라고

이렇게 많은 자료를 공개해 주다니 하고 많이 놀랐다.

지금 생각해 보니

사업은 도움 없이 할 수 없는 영역이고

협력사가 탄탄하게 자리 잡을 수 있도록 도움을 주고

협력사도 삼성에게 도움을 주는

끈끈한 비즈니스 관계가

형성되는 것이다.

피아노를 전공한 20대인 오너 2세는

에르메스 백을 들고 와서

무슨 말인지 하나도 모른다는

어리둥절한 표정을 짓곤 했다.

그 당시 내가 맡은 무선사업부 주요 협력사

오너 2세였는데 이들의 아빠는 매출 5,000억에서

조 단위 회사의 대표였다.

교육하는 순간 나도 사업가로서

전문경영 수업을 받았으면 좋겠다고 생각했다.

이재용 회장님은 어렸을 때

전문 경영 수업을 받았겠지? 하면서

내 안의 꿈틀거리는 사업 욕구를

발견하는 날이었다.

신입사원이 1조 2천억 원을
구매하면 생기는 일

"협상 결렬도 멋진 테크닉이다.

차라리 결렬을 선언하라."

– 상대를 내 편으로 만드는 협상 기술

때는 2009년~ 2011년

내가 원자재 담당이었을 때

메인 업체가 제일모직(현. 롯데케미칼)

케미컬 사업부였고

세컨드 업체가 바스프(현. INEOS)였었다.

제일모직과는 내 구매량의 30~40퍼센트 차지할 만큼

구매 금액이 컸고,

바스프는 약 10퍼센트도 되지 않았다.

이렇게 보면 어떤가?

내가 제일모직의 엄청난 바이어고 갑일 것 같지만

사실은 반대였다.

제일모직은 삼성전자가 물량을 갑자기 다른 곳으로

바꿀 수 없다는 걸 알고 있었다.

미팅 때는 신입사원인 나한테 여러 가지

잔심부름도 시켰다.

귀한 대접 받기는커녕 미팅 때는 생색을 내곤 했다.

하지만 바스프는 삼성전자 입장에서

구매 금액의 10퍼센트만 거래하지만

바스프 입장에서는 삼성전자가 매출액의

70~80퍼센트를 차지하는 귀한 손님이었다.

바프스를 방문하면 전광판에 크게 "환영합니다.

류예주 사원님."이라고 쓰여 있었다.

굉장히 머쓱했다.

또한 수원에서 신입사원이 왔는데

온갖 담당자들이 와서

부서별 브리핑을 해주었다.

즉, 나의 업체별 구매 금액도 중요하다.

하지만, 상대방에게 나는 어떤 사람인가

어떤 포지션인가가 협상의 중요한 칼자루다.

제일모직과 매달하는 기격 협상은

잘 이루어지지 않아 결렬되는 일이 무척 잦았다.

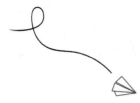

디자이너와의 결투

"건축이 공간을 변화시킬 뿐 아니라 사람의 삶의 질을 높일 수 있다는 점에서 매우 기대됩니다."

– 프랭크 게리 '나의 사적인 예술가들' 중에서

내가 원자재 레진 구매 담당자였을 때 일이었다.

디자이너가 *레진 컬러를 또 파생하겠다고 했다.

화이트 컬러가 스노우 화이트, DA 화이트 등 화이트

색상만 10종 정도가 되었고 레진도 블루도 이름이

---

*레진: 플라스틱의 원료로 냉장고, 세탁기, 에어컨에 많이 사용된다.

여러 가지고, 비슷한 색상이 많았다.

색상이 너무 여러 가지이다 보니, 똑같이 보이는
색상들도 많았다.
업체에 물어보니 햇빛에 반사되는 각도에 따라서
노르스름한 정도, 푸르스름한 정도가 다르다고 했다.

나는 수많은 색깔 파생으로 인하여 제일모직에서
소 Lot 다품종 컬러에 대해서는 단가 인상을
계속해달라고 하는 중이었다.

나는 디자이너에게 무선사업부처럼 컬러 표준화 안을
만들고 그 안에서 컬러를 결정할 수 있도록 하자고
제안했다.

그러자 엄청나게 짜증 나는 목소리로 내가 컬러가
필요해서 만들겠다고 하는데 그게 업체가 가격을
올려달라는 거랑 무슨 상관이냐고 쏘아붙였다.

순간 여기가 디자이너님의 예술을 실현하기 위한
공간인지 비영리 단체인 건지 헷갈렸다.

이 디자이너는 회사에서
존재 이유가 돈 벌기 위한 장소가 아닌 본인의 예술품을
만들어 내는 장소로 착각한 듯 보였다.

계속되는 레진 컬러가 파생되어 업체에서 단가 인상
요청을 하는 경우, 이는 제품 가격에 반영될 수밖에
없고,
이는 곧 제품 가격 경쟁력과도 연결된다.

결국 여러 번의 회의체를 만들어 컬러 표준화 안을
만들고서야 나는 업체에 시달리지 않았다.

본인 회사에서도 자재 표준화 안이 잘 되어있는지
굳이 파생해도 되지 않을 자재를 파생시키는 것은
아닌지 확인해 봐야 한다.

이는 곧 구매 가격과 직결된다.

나는 이렇게 상품기획, 디자인에서 탑 다운되어 정해진
스펙 안에서 구매하는 것에 너무 질려있었다.
그리고 나는 예술을 실현한다고 하는 디자이너들에게
알지 못하는 질투를 하고 있었던 것 같다.

하지만 사업가가 되어보니
사업은 다른 사람의 삶의 질을 높여주는
일을 하고 있고,
마케팅이라는 수단을 이용하여 세상과 소통하고
있을 뿐 예술가와 다르지 않다는 생각이 들었다.

비효율을 없애는
삼성전자의 4가지 방법

23년 12월 마지막 주는 중국 심천 출장을 다녀왔다.

심천 공항에서 먹은 스타벅스.

이름은 "코코넛 플랫 화이트"이다.

스타벅스는 그 나라에서만 파는 음료가 있어

다른 나라에 갈 때도 종종 재미로 들리곤 한다.

사이즈도 앙증맞고 맛도 좋았다

근데 스타벅스는 역시 한국 스타벅스가 가장 친절한 것

같다.

한국 스타벅스 직원들은 어쩜 저리 친절할까.

어떻게 저렇게 해맑고 행복해 보일까?

스타벅스코리아에서는 직원 교육을 어떻게 하는지

너무 궁금했다.

그래서 대학교 때는 스타벅스에서 일해볼까? 하는

생각도 했다.

삼성에서 일했을 때 나는 팀장님 직속 조직문화 개선

*T/F에 임명되었다.

내가?

왜?

하는 궁금증이 있었다.

계속되는 업무 과중에 임직원들의 사기는 매우 떨어져

있었다.

---

*T/F: Task Force (계획 달성을 위한 별도 임시 조직)

과장급에 젊고 열심히 일하는 임직원들로 8명이
T/F 조직으로 구성되었다.

나라에서 주 48시간 규정이 생겼다.

인사과는 집에 일찍 가라고 하는데 회사에서는
계속할 일이 많았다.
임직원들의 불만은 쌓여 갔다.

회의를 위해 모인 우린 T/F팀은
무엇을 해야 할지 몰랐다.
우린 뭘 해야 할지 모르니 우선 벤치마킹을 가자고 했다.

나는 내가 좋아하는 "스타벅스코리아"로 벤치마킹을
가자고 제안했다.
내가 제안했으니 컨택을 내가 해보라고 했다.

스타벅스 홈페이지 대표번호로 전화를 걸었다.

삼성전자에서 전화했다고 하니 스타벅스 조직문화팀과

연결도 해주었다.

약속을 잡았고. 우리 T/F팀과 함께 스타벅스코리아

조직문화 개선팀을 만나게 되었다.

스타벅스코리아도 우리와 같은 고충이 많았다고 한다.

스타벅스코리아 조직문화 개선팀은 아래와 같이 한다고

했다.

오후 6시 퇴근시간이 되면 컴퓨터를 자동으로 꺼지게

한다. 사람들이 컴퓨터가 자동으로 꺼지기 때문에

근무시간 중에 일을 다 하려고 집중한다.

근무 시간 중 잡담이나 개인적인 일을 하지 않는다.

근무 시간을 어떻게 더 효율적으로 할지 스스로

강구하게 된다는 것이었다.

삼성전자 구매팀도 이를 벤치마킹해서 저녁 6시에

항상 불을 껐다.

당연히 글로벌 회사인지라 다른 나라 법인들과
소통해야 돼서 컴퓨터는 끄지는 않았다.

하지만, 매일 저녁 6시에 불을 끄니 그때는 집에 가라는
사인을 보냈다.
사람들은 저녁 6시 전까지 모든 일을 빨리 처리하기
위해 나름의 방법을 모두 썼다.

삼성전자에서도 주 48시간 내에 일을 효율적으로
하기 위해 도입한 것이 많다.

1. 업무 보고는 스피디 하게 (기존 워드 작성 → 메신저 보고)
이렇게 바뀌고 나서 업무량이 정말 많이 줄었다.

2. 업무 집중 시간은 오전 10시 ~ 11시. 오후 2시 ~ 3시)
해당 시간에는 모든 부서가 회의를 잡을 수가 없다.
너무 많이 생겨버린 회의 때문에 본인 일을 처리할
시간이 없어서 생긴 제도이다.

3. 회의는 회의에 필요한 사람만 모이기

의사 결정에 필요한 사람만 모이기

회의 결과는 부서원들에게 메일로 공유하기

4. 회의 시간은 30분 베스트. 최대 1시간을 넘기지 않기

이렇게 도입하니 야근에 늦에서 칼퇴를 할 수 있었다.

회사도 필요 없는 야근비. 특근비를 줄일 수 있었다.

그동안 비효율 업무가 정말 많았다.

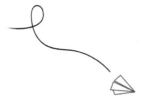

누구나 위기는 온다.

저는 코로나 때 24시간 일한 경험이 제 삶을 바꾸었다.

저는 코로나 때 반도체 구매 담당자였다.

Global 반도체 수급 대란으로 외제차를 주문하면

반도체가 없어서 2년 ~ 2년 반은 기다려야 했다.

그런데 제가 있던 삼성전자 12개 해외법인은

반도체 재고 1주 일치가 없었다.

심한 법인은 이틀 치 정도였다.

매일매일 비행기로 나르는 첩보 작전을 세웠고.

단 하루라도 비행기를 놓치면 삼성전자 라인이 끊기는

상황이었다.

나는 그때 24시간 일을 했다.

새벽 4시에는 멕시코 법인이 저를 깨우고 출근하면

미국 법인, 태국 법인, 베트남 법인, 한국 법인…

퇴근해서 오후 9시쯤에는 인도 법인, 폴란드 법인 등등

한국이 쉬는 날도 해외는 쉬질 않고

해외가 쉬는 날은 한국이 쉬지 않으니

토요일, 일요일, 설날, 어버이날, 어린이날까지.

매일매일이 지옥 같았고

매일매일이 지옥이라고 생각하니 하루 버티기가

너무 힘들었다.

그래서 그때부터 생각을 전환하기로 시작했다.

오늘 하루가 지옥이라고 생각하면 지옥이고

나는 오늘 좋은 하루를 살 것이라고 생각하니

안 좋은 일이 있어도

"아 오늘 좋은 하루를 보내기로 했지."라는 생각으로
빨리 잊으려고 노력했다.

1. 평정심 유지하기.

직장 다닐 때도 관련 부서나 공급처랑
트러블이 있을 때가 많았다.
잠깐이라도 자리에서 일어나거나 산책을 했다.
그럼 평정심이 오고 어떻게 대처할지
아이디어가 떠올랐다.

2. 이미지 트레이닝하기.

부정적인 상황을 생각하면 끝도 없다.
좀처럼 나아지지 않는다.
해결한 모습, 해결한 상황 기분 좋은 상상을 한다.

3. 당장 내가 할 일에만 집중하기.

사업을 할 때도 '다른 사람과 경쟁하지 말라.'라는
말을 들었다.

경쟁해야 되는 거 아니야? 무슨 뜻인지 했다.

사업도 잘나가는 사람이 얼마 벌었다더라에 너무 신경

쓰기 보다 당장 내가 하고 있는 것에만 신경 써야 한다.

나는 당장 오늘 내가 할 일에만 집중을 한다.

4. 아침마다 긍정 확언하기

사실 코로나 때 하루하루가 너무 힘들어서 듣기 시작했다.

지금까지도 매일 긍정 확언을 듣고 있다.

너무 힘들 때는 머리와 가슴이 부정하는데.

그럴수록 더 반복해서 듣는다.

아침의 기분이 그날 기분을 좌지우지한다.

나는 오늘 좋은 하루를 보낼 것이다.

나는 성장하고 있다.

나는 용기 있다. 라고 내뱉는다.

이것이 기분 좋은 하루를 만드는

나만의 모닝 루틴이 되었다.

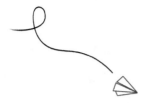

교통체증이 일으킨 욕망

2011년 인도네시아 자카르타 출장 갔다가 오는 길이었다.
너무 피곤했다.

자카르타 교통체증은 나를 너무 힘들게 했다.
매번 중국으로만 출장을 갔었다.
호기심이 많은 나는 처음 가보는 이슬람 국가가
너무 신기했다.

한국에 있는 리모컨 업체가 자카르타에 공장이 있었다.
그래서 그곳으로 승인을 하러 개발과 품질 담당자와
낯선 나라로 향했다.

자카르타로 향하는 인천공항 게이트 앞에서
한 인도네시아인이 바닥에 담요를 깔고
갑자기 절을 했다.

벌써부터 자카르타에 온 것처럼 신기했다.

지대가 안 좋은 자카르타는 지하철을 놓을 수 없었다.
일을 마치고 자카르타 시내에 있는 호텔까지 3시간이
넘게 걸렸다.
이 건 뭐 그냥 도로에 계속 서 있는 정도였다.

그렇게 일을 끝내고 탄 대한항공은 항상 이코노미였는
데 자카르타 출장 때는 비즈니스 자리가 비어
은근 자동 업그레이드를 바라곤 했다.

남들은 운 좋게 자동 업그레이드도
된다고 많이들 그러던데…

삼성은 비즈니스석으로 업그레이드가 안 되는

가장 싼 좌석 등급으로 계약한 게 틀림없을 것이다.

그렇게 나는 훗날 성공한 사업가가 되어

프레스티지석을 타는 꿈을 꾸고 있었다.

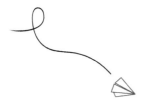

원수는 결혼식장에서 만난다.

2012년 리모컨 구매 담당자였을 때였다.

내가 맡은 업체가 부도 나는 일이 있었다.

한국에 있는 에이전시가 나에게 통보도 하지 않았다.

내가 중국에 있는 공장과 한동안 통화 연결이

안 되었다.

낌새가 이상했다.

빨리 상사에게 보고를 했다.

삼성 자산인 금형을 찾으러 중국으로 사람이

투입되었다.

그 에이전시는 평소 내가 요청한 내용에 대해
피드백이 느렸다.
대표님과 담당자에게 하소연도 하고 요청도
여러 번 하였다.
내가 꾸지람을 한 적도 여러 번이 있다.
나 몰라라 하는 담당자 때문에 항상 트러블이 있었다.

어느 날 예비 시아버님이 나에게 ○○○대표를
아냐고 물었다.
"모르겠는데요?"라고 했는데
알고 보니 그 에이전트 대표와 시아버님이 아는
사이였다.

이럴 수가!
세상에 업보가 돌아온다더니
예비 시아버님께 나에 대한 안 좋은 이야기를 했을까
조마조마했다.

다행히 아버님이 결혼 반대는 하지 않았다.

결혼식 날 내가 초대하지도 않은 그 담당자가 왔다.

신부대기실에 와서는

"류 대리님이 초대해서 여기 온 거 아니에요." 이런 말을
하고 가버렸다.

순간…

이게 내 업보이구나 생각했다.

처음에는 '내가 결혼식 날까지 왜 이런 말을 들어야 할
까?'라고 생각했다.

하지만, 다음부턴 나는 사업가라고 생각하고 사람에게
함부로 하면 안 되겠다고 결심한 날이었다.

02부

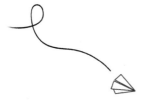

사업하는 뇌 구조

14년 5개월 동안 회사만 다닌 탓에 주변에
삼성맨밖에 없었다.
나는 학교 선배들을 만나는 것을 좋아했다.
왜냐하면 과가 너무 다양하기 때문이다.
의상디자인학과, 체육학과, 경제학과, 기계과 등등

80학번 선배들은 꽃바지를 입고 오고
어떤 선배는 금발을 하고 나타났다.

나보다 나이는 더 많은데 생각도 행동도 개방적이었다.

사무실에만 있다가 선배들을 보러 올 때면

나도 자유로움을 느꼈다.

학교 선배들 중에서 골프를 치는 분들이 꽤 많았다.

하지만 대부분 사업가들이었다.

골프 동호회에 가입하면 어느 순간 테이블이 사업가와

회사원들로 나눠져 있었다.

나도 처음에 사업가분들 사이에 앉아있다가 어느샌가

회사원 테이블에 앉아있는 걸 보면 소름이 돋았다.

사업가와 회사원의 뇌 구조는 너무 달랐다.

"오빠, 직원들 월급 줘야 되면 너무 피곤하지 않아요?"

"아니! 그들이 나를 먹여 살리는 건데?"

내가 우려했던 부분들은 내가 생각지 못한 대답으로
다가왔다.

회사에서 친구가 무리하게 아파트를 사서
대출 이자가 월 100만 원씩 나온다고 했다.
본인은 숨 만 셔도 100만 원이 나간다고 했다.
그러자 사업하는 본인의 형이 이렇게 말했다고 한다.
"그냥 월 100만 원 직원을 고용했다고 생각해.
네가 일하는 동안 그 직원이 열심히 네 돈을 벌어다
주고 있는 거야."

본능 역행하기

나는 마음먹었다.

사업하기로.

그래서 유튜브에 무작정 '창업'이라고 쳤다.

거기서 나온 대표님은 몇 억을 벌었다.

속으로 내가 진작 회사를 나왔더라면 몇 억은

벌었겠다. 라고 생각했다.

하지만, 나는 정신적으로 부모님한테 독립하지

못했었다.

나이가 30대 후반임에도 퇴사해도 되냐고 물어보다
니…
결국 내 나이 40살이 되기 전에 결정해야 했다.

나는 홀린 듯 온라인 강의를 선뜻 결정하였다.
거기서 나온 5일 무료 강의는 충격적이었다.
나는 세상에 프로그램된 채로 살았다.
인간의 본능을 이해하지 못한 채 불안감이 엄습해
올 때마다 다시 제자리걸음을 걷곤 했다.

5일 과정에서 배운 내용과 불안감은 본능이므로
자연스럽게 받아들이기.
창업은 세상은 없는 것을 새롭게 만들어 내는 것이
아니다.
그냥 세상에 있는 것을 벤치마킹해서
나의 버전으로 출시하는 것이다.

새로운 일을 하려고 할 때

본능처럼 하지 않으려고 할 것이다.

이것이 본능이다.

마치 선사시대 때 독버섯을 먹지 않은 사람이

살아남듯이.

우리가 그들의 후손인 것이다.

이것을 이해하고 나니 내가 왜 14년 동안

제자리걸음이었는지 이해가 되었다.

그렇게 나는 본능을 하나씩 역행하고 있었다.

돈 무의식 깨기

내가 창업 학원을 다니면서 한 일은 바로
'돈 무의식 깨기'이다.

돈 무의식 그게 뭐지?

돈 벌기 위해 시작한 창업
그런데 어딘가 모르게 돈에 대해 부정적인
감정이 다가왔다.

순간 회사 다닐 때가 생각났다.
"나 돈 때문에 회사 다니는 거 아니잖아."

돈 벌러 회사를 다니는 내게 가치 실현이란

착각 속에 살며

그렇게 나는 돈을 부정하며 살았었다.

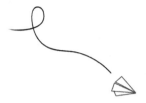

가녀장의 시대

우연히 알게 된 '일간 이슬아'
예스 24에서 독자들이 뽑은 '2023년 한국 문학의
미래가 될 젊은 작가' 1위에 선정되었다고 한다.
그래서 호기심에 유튜브 몇 개를 찾아보았다.

알고리즘은 나를 이슬아 작가가 쓴 '가녀장의 시대'로
인도하였다.

가녀장?
그게 뭐지?

가부장이 아닌 딸이 집안의 가장 역할을 하는 것이라고
한다.
순간 나는 어제 찾아본 '여성 가장 창업 지원금'이
생각났다.

왜냐하면 나는 우리 집에 가장이기 때문이다.
그럼 나는 '가모장' 인가?

이슬아 작가는 어렸을 때부터 평등 사회에서 자랐다고
한다.
나는 두 딸의 막내딸로 역차별을 받으며 자랐다.

아버지는 내가 아들이길 바랐다.
그래서 어렸을 때부터 나에게 여군이 되길 바라셨다.
아직도 아빠가 공군사관학교 가라고 했던 말이 떠오른다.

엄마는 엄마가 어렸을 때부터 받은 차별과 남아 선호
사상에 화가 많이 났는지.

내가 어렸을 때부터 설거지, 청소, 요리를 못하게
하였다.
"여자는 결혼하면 평생 해야 되는데 하지 마.
나중에 해."
"여자는 돈을 벌어야 남자한테 무시 안 받고 살아."

우리 엄마는 이런 얘기를 나한테 종종 하셨다.

결국 나중에 하려고 한 요리. 청소는 하지 않고
대신 요리와 청소를 아주 잘하는 남편을 만났다.

결혼했을 때도 현재에도
주변 사람들이 "너는 이제 일하지 않아도 되지 않아?"
라는 질문을 받았다.

'나는 안 해도 되는 건가?
왜?라는 생각이 들었다.

엄마에게 딸이란?

나는 딸이 없다.

아들 만 한 명 있다.

친한 언니가 아들 하나, 딸 하나 쌍둥이를 기르고 있다.

그런데 언니가 아들한테 하는 행동과 딸한테 하는

행동이 다르다.

딸 왈 "엄마 나 침대에서 못 뛰어내릴 것 같아."

언니 왈 " 너 뭐든지 할 수 있어. 한번 해봐 봐."

나 같으면 "응? 못 뛰어? 그럼 하지 마."

이렇게 얘기했을 것 같은데…

이건 내가 아들 맘이라서 그런가 보다.

우리 엄마도 나에게 그랬다.

"넌 뭐든지 할 수 있어."

"엄마가 도와줄게. 회사 계속 다녀."

"여자는 수중에 돈이 있어야 남편한테 무시 안 당하고
살아."

아 마지막 말은 뭔가 슬프다.

내가 퇴사하고 나니 또 질문을 여러 군데서 받았다.

"이런 거 물어보면 실례인데, 남편은 회사 안 다녀요?"

"너는 돈 안 벌어도 되지 않아?"

남녀 차별이 없게 자라서 인가

아니면 남초사회에서 지내서 인가.

아니면 결혼하면 여자는 일 그만둬도 된다는 말을 들은
적이 없어서 인가.

왜? 나한테 이런 걸 질문하지?
나는 생각도 못 해봤던 질문인데?
내가 회사를 관두던, 사업을 하던 남편이랑 무슨 상관이
지?
내 인생은 내가 정하면 안 되나?라는 생각을 했다.

순전히 나는 내가 스스로 자라온 줄 알았다.
아이를 낳기 전까지는.
사업을 하기 전까지는.

아이가 숟가락질을 하는 거.
뒤집어서 자는 거.
화장실을 혼자 가는 거.
모두 다 부모가 만들어준 것인지 몰랐다.

아마 아이를 안 낳아본 사람은 내가 한 말에 공감을
못 할 것이다.

숟가락질을 하기 위해 얼마나 알려주고
아이가 뒤집을 때 밤에 잠을 못 자고 몇 번이나
깨는지를 말이다.

나는 사업을 하기 전까지는 몰랐다.
우리 엄마가 나를 다르게 키워왔다는 것을.

'그냥 하기'를
그냥 하는 2가지 방법

많은 사람들이 무엇을 이루고 싶을 때

그냥 하라고 한다.

하지만 되지 않는 이유?

그냥 하고 싶으나 하지 못하는 이유.

나도 그랬다.

하지만 이런 나도 그냥 할 수 있게 만든

두가지 방법을 소개한다.

첫 번째, 인간의 본성을 이해한다.

인간은 무엇을 새롭게 시도하게 진화해 온 동물이 아니다.

선사시대 때 독버섯을 보고 시도한 인간은 죽었다.

결국 무언가를 발견했을 때 의심하고 회피하는

인간 만이 살아남았다.

우리는 그들의 DNA를 갖고 있다.

즉, 우리가 무언가를 할 때 두려움이 몰려오거나 하기가

어려우면

이는 곧 인간의 본성임을 인지하고 인정해야 한다.

그리고 인간의 본성이 작동하네 하고 그냥 하면 된다.

두 번째, 어렸을 때의 느꼈던 안 좋은 경험과 감정이

무의식에 남아있다.

나는 어렸을 때 우리 집에서 못난 나였다.

전교 1등을 하는 언니, 뭐든지 잘하는 언니 밑에서

나는 늘 못난 아이였다.

엄마는 날 보며 항상 걱정이었고,

나는 늘 내가 부족하다고 생각했다.

지나고 보니 그래서 내가 회사에서 인정욕구가 심했다.
어떠한 말을 들어도 내가 못나서인가? 하고
나를 자책했다.
실제로 나를 비난하는 말이 아님에도 그렇게 들리곤 했다.
내가 그렇게 일을 열심히 한 것도 못난 내가 아님을
증명하기 위해 그렇게 살았다.

나는 39살에 어린 나와 마주했다.
실제 나의 엄마 입장에서 어린 나를 보니
나는 무척이나 사랑스러운 존재였다.
그런 사랑스러운 존재가 험한 세상을 산다는 게 걱정되어
칭찬보다는 늘 걱정하는 말들이 내가 나를 못나게
만들었다.

이 두 가지를 극복하니 나는 그냥 무엇이든 할 수 있는
내가 되었다.

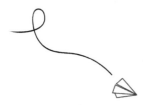

남 욕을 하면 생기는 일

내가 창업 학원에 들어가서 제일 처음 배운 것은
남 욕을 하지 말라는 것이었다.

누구에게는 당연한 것이나
사업가에게는 기본 중에 기본이었다.

사실 직장인 때는 상사 욕, 동료 욕, 사람 욕
이런 것들로 스트레스를 풀곤 했다.

그럼에도 불구하고 사업을 한다는 이유로 남 욕을 하는
습관을 어떻게 고칠 수 있을까?

남 욕을 하면 안 된다는 건 누구나 아는 사실이다.

우리 몸의 90%는 물로 이루어져 있다.
왼쪽 물에는 욕을 하고, 오른쪽 물에는 사랑한다고
말하면 어떻게 될까?

바로 욕을 들은 물은 입자가 깨져있다.
사랑한다. 고맙다 말을 들은 물의 입자는 살아있다.

그렇다.
남 욕을 하면 할수록 물의 입자가 깨진다.
결국 나의 몸만 안 좋아진다는 것이다.

즉, 욕을 하면 스트레스가 풀리고 좋은 것이 아니라
내가 나의 몸을 죽이고 있다는 것이다.

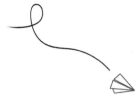

삼성전자 합격 자소서
무료 배포

최근에 한 분에게 연락이 왔다.

"대표님 혹시 삼성 입사할 때 갖고 있는 자소서 있으세
요?

"네? 아니요. 벌써 15년 전이라… 왜요?"

그분이 한 인스타그램 캡쳐 본을 보내줬다.

한 지방대 학생이 삼성전자 자소서가 합격이 돼서 무료

나눔을 하고 있었다.

댓글은 정말 핫했고 순식간에 해당 인스타그램은 '떡상'
이 되었다.
나도 퇴사하고 느낀 점이지만
사람들이 이렇게까지 삼성전자에 어떻게 들어갈 수
있냐고 도대체 왜 나온 거냐며 질문이 끊이질 않았다.

그래서… 나도 인스타그램 떡상을 꿈꾸며
15년 자소서를 찾아보았지만 당연히 없었다.
요즘은 자소서 항목이 무엇인지 궁금했다.
그래서 그 떡상한 인스타그램에 찾아가 나도 자소서를
달라고 댓글을 달았다.

요즘 인스타그램도 자동화가 되어있어서 1초도 안되어
나에게
삼성전자 합격 자소서가 주어졌다.

열어보니…
"넌 정말 바뀐 게 없구나?"였다.

특히, 시장 상황에 따라서 당사가 처한 내용과
이를 극복하기 위해 어떻게 하나의 질문이 인상 깊었다.
왜냐하면, 입사 후 일하면서 내가 계속 상사에게
받은 질문이기 때문이다.

이 일을 계기로 나의 인스타그램에 "직원 뽑을 때 꼭
만들어야 할 1가지"라는 주제로 글을 쓸 수 있었다.

잘하는 일 vs. 좋아하는 일

2023년 4월

사업가가 되기로 마음먹은 후 한 도시락 대표님이

운영하는 북클럽을 들었다.

그 이유는 사업 아이템을 찾기 위해서였다.

다이어트 코칭

커피숍

무엇을 해야 할지 막막했다.

일단 다이어트 코칭을 하기로 마음먹고

북클럽을 신청했다.

삼성전자 구매팀에서 14년을 일해서인지 구매가
너무 지긋지긋했다.

끝을 모르는 가격 협상
글로벌 이슈에 따른 자재 조달 문제
트럭 연합 파업이라도 하면 구매팀은 발칵 뒤집혔다.

더 이상 구매 일을 하고 싶지 않았다.
내가 잘하는 일보다 좋아하는 일을 하고 싶었다.

때는 북클럽 마지막 날이었다.
그날 반 정도 되는 사람들이 오지 않아
나의 발언 기회가 많았다.
도시락 대표님과 많은 이야기를 나눌 수 있었다.

도시락 대표님께 하루 몇 개의 도시락이 팔리는지
도시락 하나당 재료비와 도시락 한 개를 팔 때 얼마나
남는지 물어보았다.

통상 삼성전자에서 한 모델 당 재료비가 얼마인지

재료비가 판매가의 몇 퍼센트인지

몇 개를 팔아야 목표 달성을 할 수 있는지

목표치를 못 팔았을 경우에는 역으로 얼마를 원가

절감하여야 목표치를 달성할 수 있는지 계산한다.

하지만 도시락 대표님은 당황하였고

북클럽이 끝날 쯤에 나에게 자신의 명함을 주었다.

다이어트 코칭을 배우러 간 나인데

어느 순간 구매 컨설팅을 해주고 있었다.

기분이 이상했다.

북클럽에서 도시락 대표님께 명함을 받은 이후,

도시락 대표님의 팬이 되었다.

나에게 북클럽 때 발언 기회를 주고

북클럽 끝날 시간이 1시간이나 지났는데도 불구하고

흐트럼 없이 낙오자를 만들지 않았다.

내가 들은 북클럽은 참여형 북클럽이었다.

맥킨지의 논리력 사고, 핑크 펭귄, 무기가 되는 스토리 등

그날 배우고 배운 것들을 나의 사업에 어떻게 적용할지

적어서 그 자리에서 발표한다.

아무것도 준비가 안 된 나는 머뭇거렸고

그냥 패스할 만도 한데 끝까지 시간을 주며

작성하게 도와주었다.

그렇기에 나는 보답을 하고 싶었다.

명함을 받은 후에 나는 도시락을 분석하기 시작했다.

스마트 스토어에서 성분표와 함량을 보고

엑셀에 리스트를 정리하였다.

네이버, 쿠팡 오픈 플랫폼에서 사는 가격을 넣고

도시락 한 개당 예상 재료비를 뽑아보았다.

식자재 예상 구매금액이 월 1천만 원이 넘었다.

예전에 SCM(supply Chain Management) 벤치마킹을
하러 삼성 계열사인 웰스토리에 갔던 것이 생각났다.
그래서 인터넷에서 웰스토리를 찾아 문의하기에
글을 남겼다.

영업관리가 엄청 잘 되어 있어서 바로 연락이 왔다.
미팅을 해서 자초지종을 설명하고 해당 리스트의
견적을 요청하였다.

"이렇게 구매 분석하는 게 재미있다고?"
분명 나는 회사에서 전자 부품 재료비를 분석하고
신규 업체를 찾을 때보다 재미있었다.

이왕 이런 김에 경쟁업체는 어떤지 보자.
우리나라 대기업 식자재 업체 TOP 5인 웰스토리,
신세계푸드, CJ 푸드, 프레시웨이, 현대그린푸드에
모두 연락했다.

퇴근 후에 집에서 재료비를 분석하고 원가 절감
대책 안을 작성하는데 이 일이 이렇게 재미있다니…
한 대표님을 돕는다는 게, 한 사람을 돕는다는 게
이렇게 설레는 일인지 몰랐다.

나는 설레는 마음으로 보고 안을 작성하고 있었다.

전지적 생산자 시점

예전에는 소비자로 살아왔다.

회사에서 버는 돈 말고.

인스타그램에서 나의 소비를 자랑했다.

왜 그랬을까 하고 생각해 보면

실제 생활은 무척 힘들고 갑갑했기 때문인지.

온라인에서만큼은 행복하고 싶었나 보다.

나는 나에게 솔직해지고

어린 시절 나와 마주하고

엄마 아빠가 사실은 나를 많이 사랑한다는 걸 깨달았다.

나는 39살이 돼서야 많이 바뀌었다.

그리고 더 이상은 소비자가 아닌 생산자의 삶을 살기로
결심했다.
숏폼 스터디를 하며 1일 1 소비 미션을 했다.
사람은 누구나 미디어 소비를 한다.
유튜브나 틱톡, 인스타그램 혹은 뉴스라도 미디어를
통해 접한다.

그날 접하게 된 미디어와 배울 점, 그리고 내가
크리에이터가 된다면 어떤 점을 개선하고 싶은지…

약 2달 정도 매일 하고 나니
소비자가 아닌 생산자 입장에서 생각할 수 있었다.
2달 만에 사람의 생각이 이렇게 변하다니
너무 신기했다.

숏폼스터디 덕분에 나의 콘텐츠에 대해 고민하게 되었다.

지금은 나의 취미 인스타그램이 팔로워 3천6백 명을
달성했다.
요즘 팔로워 수가 많은 사람들이 많지만 3천6백 명도
나에게 너무 소중한 분들이다.

골프도 취미를 갖기에는 많은 금전과 시간의 비용이
드는데
이것을 단순 소비가 아닌 콘텐츠로 다시 생산함으로
나는 생산자가 되었다.

1만 명은 달성해 보고 싶다.
그렇다면 정말 양질의 콘텐츠가 나와야겠지.

가격 vs. 가치

2023년 초 LCD 개발 구매 담당자일 때였다.

세탁기 디스플레이 UX 디자인 로드맵 회의에 들어가게
되었다.
현재부터 10년 후 세탁기 창에 보이는 화면을 결정짓는
자리였다.

회로 부품 담당일 때는 부르지 않던 회의인데
LCD 담당하니 오라고 하여 의아했다.
그 자리에는 상품 기획, UX 디자인, 개발, 마케팅
그리고 구매가 참석을 하였다.

LCD가 소비자와 대화 방식으로 가면 고해상도에
큰 화면으로 가는 것이었다.

결국 재료비가 약 13만 원 정도 올라가는데
소비자에게 13만 원을 더 받으려면 그 이상의 가치를
줘야 한다는 것이었다.

경쟁사가 삼성과 동일한 가치를 주는데,
13만 원을 어떻게 더 올려 받냐며 논쟁이 있었다.

결국 모든 화살은 나에게 쏟아졌다.
구매담당자인 내가 재료비 13만 원을 깎으라는
것이었다.

그날 이후 나는 서울의 한 북클럽에서 도시락 대표님을
만나게 된다.

그리고 이날 있었던 일을 이야기하면서

"대표님, 도시락 판매 가격 1천 원 더 받고 싶으시죠?

그런데 도시락 판매 가격 1천 원 올리면 3~4배 이상의
가치를 줘야 하잖아요.
경쟁사는 어때요?

판매 가격 올리면 경쟁사보다 비싸지는데..
판매 가격 1천 원 올리는 건 어렵지만
재료비 1천 원 내리는 것은 쉬워요."

대표님의 도시락을 주문해서 파악을 해보니
두꺼운 스티로폼부터 안에 비닐 아이스팩까지 재료비를
내릴 수 있는 요소가 너무 많이 보였다.

직원들도 오너십을 갖는
구매 매뉴얼

북클럽에서 만난 대표님이 의뢰를 주었다.

직원들이 대표님의 마음과 다른지
본인이 식재료를 살 때와 가격 차이가 많이 난다는
것이었다.

그래서 "식자재 살 때, 가격 결정을 직원들이 하나요?"
라고 물어봤다.
그렇다고 하셨다.

내가 회사 다닐 때 팀장님이 나에게 어떻게 하는지
곰곰이 생각했다.
2장짜리 '직원들이 오너십을 갖는 구매 매뉴얼' 리포트
가 나왔다.

첫째, 직원들이 가격 협상을 하되
대표님이 최종 컨펌을 해줘야 한다.

둘째, 식자재 시세 추이를 보고 직원들에게 목표가를
줘야 한다.

셋째, 구매하려는 품목의 시세 추이를 자동으로
받게 설정하거나, 직원이 모든 임직원에게 해당 내용을
공유하게 한다.

넷째, 직원이 대표님께 가격 결정 보고 시,
작년 같은 달 및 지난달 대비 얼마나 떨어졌는지 얼마나
올랐는지 가격과 퍼센트가 명기되어 있어야 한다.

다섯째, 지난달 대비 가격 인상 보고 시,
직원의 '대책'내용이 들어가 있어서야 한다.

대책 없는 보고는 아무 생각 없이 아무런 발전 없이
기계적으로 일하는 직원만 만들 뿐이다.
이 내용은 간단하지만, 매우 중요한 이야기이다.
회사가 언젠간 기업화가 되면 분명히
고민할 부분입니다.

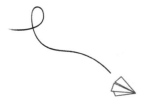

빠르게 실패하기

사업은 실험이다.

일단 작게 시작해 보고 나서 한 사이클 빠르게 해 보기.

시장 반응이 없으면 개선해 보기.

개선해 봐도 반응이 없으면 빠르게 접기.

이것이 직장 퇴사하기 전 '창업 부트 캠프'라는

온라인 강의를 보고 배운 내용이다.

과연 그럴까?

회사에서도 과연 그런지 유심히 지켜보았다.

삼성전자는 누가 봐도 글로벌 대기업이지만,
실패작이 있다.

내가 아는 대표작은 세라믹으로 만든 천만 원짜리
냉장고.
돌로 만든 천만 원짜리 냉장고이다.

나는 다이어트 코칭으로 사업을 시작하려 했다.
코칭을 배우러 간 북클럽에서 나는 전문가가 아님을
깨닫고 빠르게 돌아섰다.

그때 명함 파고 홈페이지 만들고, 고객 유치하고
엄마를 상대로 다이어트 코칭도 해보았다.

빠르게 실패한 결과, 다른 길로 빠르게 돌아설 수 있었다.
만약 빠르게 실패하지 않았더라면 시간 낭비, 돈 낭비,
방황했을 사실에 아찔했다.

퍼스트 클래스 승객은
펜을 빌리지 않는다.

우연히 소개로 알게 된 중국 업체와 연이 닿았다.

그들은 나를 필요로 했고, 무작정 나는 해보겠다고 했다.

나에게 컨설팅 의뢰가 온 중국 회사를 한국에서 만났다.

그리고 다음에 중국에서 만나자고 약속을 했다.

23년 12월 중국 갈 기회가 생겼다.

그들에게 초대를 받은 것이다.

대한항공 마일리지로 프레스티지석을 예약했다.

직장 다닐 때 프레스티지가 너무 타보고 싶었다.
삼성에서는 부장급이 아니면 비즈니스석을 탈 수 없었다.

삼성전자에서 대리일 때 우연히 타게 된
아시아나 비즈니스석은 나에게 꿀 같은 시간이었다.
너무 시간이 늦어서 김포 공항으로 허겁지겁 갔는데
나에게 탑승시간이 늦었다고 못 탄다고 하였다.

나는 순간 삼성 명함을 들이밀려
"오늘 너무너무 중요한 비즈니스 미팅이 있어서요."라
고 말했다.

갑자기 "기다리세요."라고 하더니
남아있는 비즈니스 석을 나에게 주었다.

그렇게 나는 비즈니스석을 타게 되었다.
승무원이 고객 리스트가 다 있는지

"안녕하세요. 의원님"

"안녕하세요. 대표님."

일일이 직함을 부르며 인사를 하였다.

나 보고는 "안녕하세요. 대리님."이라고 하려나?라고

생각했다.

"안녕하세요. 고객님."이라고 나에게 인사했다.

휴… 다행이다.

센스가 넘치네?라고 생각했다.

23년 12월에 탄 프레스티지석은

완전 일자로 누워도 공간이 남았다.

비행 중간에 화장실이 어디냐고 물어보니

화장실 안내부터 화장실 문까지 열어주었다.

화장실을 갔다 오니 입국신고서가 자리에 있었다.

잠시 후 승무원이 오더니 입국신고서 받았냐고
더블 체크까지 하였다.
이코노미 때는 그냥 자리에만 두고 갔었는데…

"퍼스트 클래스 승객은 펜을 빌리지 않는다."라는
책을 읽고 나서는
수첩에 항상 펜을 가지고 다닌다.

이 책을 읽기 전에는 나도 입국 신고서를 작성할 때
승무원에게 펜을 빌리곤 했었다.
하지만 이 책을 읽은 후부터는 내 펜을 꺼내서
입국 신고서를 작성한다.

미팅에 오는 사람들의 펜을 유심히 살펴보았었다.
대표나 회장님들은 딱 봐도 좋은 만년필을 썼다.
미팅 때 오는 사람 중에는 펜을 가방에 아무데나 놓거나
모나미 펜을 쓰는 사람들도 많았다.

심지어 펜을 안 가지고 왔다고 나에게 빌리는
경우도 있었다.

비행기에서 내릴 때가 되니 승무원이 자리로 와서
다음에 또 뵙자며 인사를 하였다.

이제 프레스티지석을 타봤으니
나도 나의 고객에게 프레스티지 서비스를 할 수 있겠다.

사실 해결책은
직원이 알고 있다.

24년이 밝았다.

우리 회사의 올해 목표와 작년 매출, 손익

그리고 최종 목표가 얼마인지 아는 직원은 얼마나 될까.

새로운 공장을 짓는다고 백억을 쓰고

적자가 난다는 구매 컨설팅을 의뢰받았다.

내가 방문한 B사의 임직원들의 표정은 아주 밝았다.

거기서 표정이 안 좋은 사람은 대표님뿐이었다.

하지만 이런 곳은 여기뿐만이 아니었다.

월례회를 통해

우리 회사의 상황을 공유하고

회사의 고민을 임직원과 함께 해결하는 삼성전자와는

분위기가 사뭇 달랐다.

대표님은 나에게 순수익을 올릴 수 있는 뚜렷한

원가절감 설루션을 바란다.

하지만 나는 알고 있다.

그 누구보다 뚜렷한 설루션을 알고 있는 사람은

바로 직원이라는 것을.

나야 일시적으로 돈을 받고 설루션을 찾고

해결해 줄 수 있다.

하지만 회사 내부적으로 스스로 설루션을 찾는 연습을

계속해야 된다.

삼성전자에서 근무했을 때는

보고서에 현황이 있으면 항상 대책이 들어가야 했다.

전쟁이 나고 지진이 나고 환율이 오르고 환율이 내렸다.

나에게 느끼는 바가 무엇이고 무엇을 준비해야 되는지

항상 물었다.

삼성전자에 있을 때 놀랐던 점은

출근해서 컴퓨터를 켰는데 바탕화면이 바뀌어있었다.

그 달은 환경 안전사고가 많이 나는 달인 지

환경안전점검을 하자는 내용의 바탕화면이었다.

그 월에 전하고자 하는 메시지를 어떻게 해서든지

전하는 모습이 인상 깊었다.

그리고 일어날 일도 미리 준비하여

재발 방치 대책을 세운다.

03부

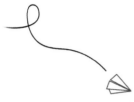

나는 어떻게 조작된 각본에서
탈출했는가

모임에서나 미팅 때 많은 대표님들의 질문은요.

"어떻게 하면 삼성에 들어가요?"

"누가 삼성에 들어갈 수 있나요?"라고 질문한다.

혹은 직장인들의 경우는

"어떻게 해야 퇴사할 수 있나요?"

저와 같은 직장인 분들이 어떻게 퇴사하게 되었냐며

매우 궁금해했다.

어떻게 들어가는지와 어떻게 퇴사하는지를

동시에 질문받다니.

참 아이러니하다.

어떻게 퇴사했냐고를 물어본다면

삼성전자 때려치우고 창업하게 만든

단 한 권의 책 소개하고 싶다.

저를 퇴사하게 만든 오직 단 한 권의 책 바로

송희창의 EXIT이다.

프롤로그 1.

'그래서 당신의 인생이 바뀌었는가'부터 충격적이었다.

책에서는 지은이가 어린 시절 다녔던 문구점을

34년 만에 가게 된다.

지금의 지은이는 여러 사업체의 CEO가 되었다.

어린 시절 다니던 문구점의 주인은 백발의 노인이 되어

있었다고 한다.

자신은 많은 것이 변했는데 마치 영화 세트장에 온 거처럼

배경은 그대로인 채 주인아저씨만 분장을 한 것처럼

말이다.

순간 저의 직장 생활 14년을 돌이켜보았다.

물론 저는 삼성전자에서 성장했지만

똑같은 장소에 똑같은 옷을 입고 같은 곳에서 밥을 먹고

똑같은 일을 더 이상 하기 싫다는 생각을 하였다.

마치 그 책 속에 나오는 백발의 노인이 나지 않을까라는

생각을 했다.

열심히 10년은 더 다녀도

나의 인생은 크게 바뀌지 않겠구나를 깨닫게 되었다.

10년 뒤에 내 뒤에 앉은 부장님처럼 지금과 다를 바

없는 삶을 살겠구나.

지은이는 무조건 열심히 살면 되는 줄 알았다.

열심히만 산다고 평범한 삶이 변하지 않는다.

'계속 지금처럼 열심히만 살면 언젠가 당신의 삶이 바뀔

것이라 생각하는가'

라고 생각하게 해 주었다.

바로 평범한 생각에서 EXIT 해야 평범한 삶에서 EXIT

가능하다고 했다.

비즈니스는 연애다. 첫 미팅 때 절대로 해선 안 되는 행동 3가지

비즈니스는 연애와 같다고 생각한다.

무엇보다 첫인상이 정말 중요하다.

상대방이 당신이랑 비즈니스가 적합한 사람인지

알아가는 자리이다.

1. 헝클어진 머리. 비즈니스에 맞지 않은 복장.

자리가 사람을 만든다.

미국 유명 반도체 회사와 미팅을 했다.

담당자는 헝클어진 머리, 운동화, 구겨진 셔츠

중간관리급은 좀 덜 헝클어진 머리

대표님은 칼같이 빗은 머리에 깔끔한 슈트.

같은 회사인데도 이렇게 다르게 입고 온 것에 웃음이

나왔다.

헝클어진 머리, 비즈니스에 맞지 않는 복장은

소개팅 나와서 "난 너랑 연애하고 싶지 않아"라고

얘기하는 것과 같다.

2. 명함을 세로방향으로 주기.

퇴사하고 나와서 여러 대표님들을 만났다.

명함을 줄 때 받는 사람이 보는 방향이 아닌

세로방향으로 주는 분들이 은근히 많았다.

삼성전자에서는 구매 신입교육 때 비즈니스 매너로

명함 주는 법부터 배운다.

명함 줄 때는 받는 사람 방향으로 주면서 통 성명을

하는 게 기본이다.

"안녕하세요, 비욘드바이 류예주 대표입니다." 이렇게.

세로로 받을 때 느낀 점은 비즈니스를 안 해본

사람이구나.

사소한 행동 하나로 많은 걸 느끼게 된다.

3. 내 이야기만 하다 오기.

비즈니스는 연애와 같다.

서로 알아가야지 내 이야기만 한다고 되지 않는다.

첫 미팅부터 이것저것 요청하는 분이 있다.

이 건 처음 만났는데 사귀자고 하는 것과 같다.

글로벌 대기업이 하는 문제 해결 노하우 3가지.

크고 작은 업체를 방문하다 보니 문제점을 많이

발견했다.

그중에서도 제일 큰 고충은 역시 사람과 관련된

것이었다.

"문제가 일어났는데 직원이 문제 보고도 하지 않고 퇴근해 버렸다."라고 말하는 대표님들을 많이 보았다.

정말 사업을 하다 보면 별일이 다 있죠?
갑작스러운 공급 중단, 비행기 연착, 일본 지진, 필리핀 봉쇄 등 제가 있었던 회사도 예외는 아니었다.

글로벌 대기업이 하는
문제 해결 노하우

1. 미리 문제를 오픈하고 같이 해결책 찾기

골든 타임을 놓쳐버리면 속수무책이죠.

직원이 미리 보고를 안 하는 이유는 혼날까 봐.

혼자 문제를 해결해야 하니까. 아닐까?

문제를 미리 오픈하면서 다 같이 해결책을 찾자고

선언하자.

2 질문하기

제가 회사 다닐 때 받은 질문은.

이렇게 환율이 오르면 가격 인상 막기 위해 무엇을 해야

할까?

러시아와 우크라이나 전쟁이 나면 무엇을 준비해야 할까?

처음 입사했을 때는 왜 그런 걸 나에게 물어보지? 했다.
그런데 이제는 누가 물어보기도 전에 미리 사고하는 습관이 생겼다. 일어날 일을 미리 생각하면 대책을 세우게 된다. 나도 해결 능력을 키울 수 있고, 세상 변화에 관심을 갖게 된다.

3. 데이터 쌓기

한 대표님이 말하길 직원이 갑자기 퇴사해서
인수인계가 잘 안 이루어졌다고 한다.
선배들이 비슷한 일에 대해 해결한 노하우가 있다.
네이버 카페 같은 저장 공간을 하나 만들어서 직원들이
인수인계서나 공유했던 자료를 쌓도록 해준다.
데이터가 축적되면 후배들이 보고 문서로 배울 수 있다.
제가 삼성전자 구매팀에서 근무했을 때에도 구매 카페
가 있었다.
모르는 일 해결 방법이나 자료를 찾을 때 자주 이용했다.

직원 뽑을 때
꼭 만들어야 할 1가지

제가 직장 입사한 지 벌써 14년이 지났고

작년에 퇴사하였다.

아직까지도 많은 대표님들께서

어떤 사람이 삼성에 들어가냐고 물어본다.

어떻게 해야 들어갈 수 있냐고 정말 많은 분들이

물어본다.

들어가는 방법은 너무 간단하다.

바로 "삼성이 원하는 사람이 되면 된다." 그게 바로

인재상이다.

삼성전자는 성실하고 끈기 있고, 문제 해결을 하는

사람을 좋아한다.

즉, 중국어를 해야 되는 일이면 중국어를 잘하는

사람을 뽑지 않고 성실하고 끈기 있고 문제 해결 가능한

사람을 고용해 중국어 교육을 시킨다.

그래서 면접 때도 가장 힘들었던 경험과 이를 어떻게

극복했는지를 물어본다.

많은 대표님께서

"원하는 직원이 안 온다."라고 말하는 분들을

많이 봤다.

어떤 직원이 왔으면 좋겠는지 "인재상"을

세팅 해야한다.

그리고 홈페이지에 꼭 올려야 한다. 합격 꿀팁이 있다.

저는 면접 전에 공식 홈페이지 들어가서 인재상을 보고

"나는 이런 사람이야."라고 저를 세뇌시키고

면접을 보았다.

고객이 생각하는 가치

기분이 이상하다.

원가절감해야 될 곳에서는 하지 않고,
내가 봤을 때 더 이상 원가절감이 할 게 없는 곳에서는
구매 아웃소싱 생각이 있다니.

고객이 어디에 가치를 부여하고
무엇을 중요하게 생각하냐가 정말 중요하다.

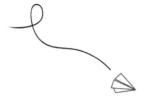

경영의 시각

구매를 단순한 효율성을 넘어 경영의 차원으로 보면
새로운 인사이트가 열린다니
내가 너무 원했던 대답이기도 하다.

전 자라코리아 대표인 이봉진 대표님을 통해
소개받은 한 대표님은 외국 유명 화학회사에서
로지스틱스, 구매 등도 하였다고 했다.

H사 대표님도 92년생 젊은 대표이긴 하지만
3년 정도 구매팀에 있으면서 구매의 중요성을
충분히 인지하고 있었다.

원가절감을 하면 바로 효과금액이 꽂히니

이는 기업의 순이익과 직결된다.

그동안 내가 경영의 시각으로

구매를 바라보지 못해서 그런지

내가 그동안 만났던 대표님들에게 충분한 인사이트를

못 주었다.

내가 하는 컨설팅 분야에 대해 중요도를

일부만 인지하고 있다는 느낌이 들었다.

하지만 최근에 알게 된 대표님들은

그 중요성을 나보다 더 인지하고 있었다.

내가 그토록 원했던 세계에 들어온 거 같은

생각이 들었다.

단순한 구매 담당자로서의 시각이 아닌 한 회사의

경영 시각으로 바라봐야겠다.

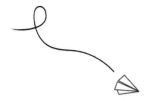

당신이 진급이 안 되는 이유

삼성전자에 다니는 동안 경쟁 상대가 꽤 많았다.

회사는 나의 후배를 특특진 시키기도 하고.

성공 DNA를 심어준다는 이유로 소히 잘나가는

사업부에서 우리 사업부로 온 사람들도 많았다.

많은 사람들이

나는 진급에서 떨어질까 봐

인정을 못 받을까 봐 노심초사했다.

어느 순간 나도 정신 차려야겠다는 생각이 들었다.

특특진을 한 후배.

인정을 받은 그룹장님. 그리고 팀장님 자리에 갈 때마다
놀랐던 건 정리 정돈이었다.

항상 깨끗한 책상.
핸드폰을 놓아두는 자리까지도 항상 정해져 있었다.
외우기 힘든 내용들은 문서를 가지런히 정리해서
가지고 다녔다.

그리고 그 사람들 외에 다른 사람은 정말 정신이 사나울
정도로 책상이 정리가 안 되어있었다.

팀장님 직속으로 구매 기획에서 일했을 당시
팀장님이 나를 불러다가 요즘 사람들이 옷장에 옷을
넣고 문도 제대로 안 닫는다고 했다.
그리고 책상도 너무 지저분하다고 얘기하셨다.

'이것이 깨진 유리창의 법칙인 건가?'
팀장님이 옷장에 문을 안 닫는 것까지

신경을 쓸 줄 몰랐다.

나는 월례회 때 책상을 정리하는 방법에 대해서
5분짜리 유튜브 영상을 따왔다.

책상을 깨끗하게 정리하는 방법은 간단하다.
퇴근할 때 마치 출근할 때처럼 정리하고
퇴근하는 것이다.

이것이 성공의 비법이라고 하니
나 또한 안 할 수가 없었다.

오늘 주말이라 나갔다가 집에 왔는데
깨끗한 집과 책상을 보며 이토록 머리가 맑아지는
경험을 했다.

사업의 성공은 올바른 의사결정을 연속적으로
하는 것이다.
그래서 성공한 사람의 집과 책상은 깨끗하다.

역지사지

최근에 나의 고객인 중국 제조 회사가 한국에 왔다.

새벽 6시 40분 도착 비행기라서

내가 픽업을 가기로 했다.

새벽 4시에 기상해서 나갈 준비를 했다.

전 날밤 갑자기 픽업 요청이 왔다.

차가 크지 않아 걱정했던 나는 시댁에 차를 빌려서

픽업 전날 밤 남편과 차 청소를 했다.

그리고 웰컴 보드도 만들었다.

만나면 뭐라고 얘기해야 되지?라고 시뮬레이션도 했다.

갑자기 내가 삼성전자 구매팀에서
일할 때가 생각이 났다.
중국 다른 지역에 들렸다가 가느라
그 지역에 밤 10시에 도착했던 기억이 난다.

매우 늦은 시간이라서 그다음 날 만나자고 했는데
밤 10시 기차에서 내리자 10명이 넘는 임직원들이
나를 기다리고 있었다.

그리고 시장하지 않냐며 나를 근처 식당으로
데리고 갔다.
사실 그때는 너무 피곤해서
"아 빨리 쉬고 내일 만나고 싶은데."라는
생각을 했었다.

그런데 지금 회사를 퇴사하고 반대의 입장이 되었다.
나의 고객이 새벽에 오니,
그때 그 임직원들의 마음을 알 수 있었다.

나는 새벽에 온 나의 고객에게

"오느라 고생 많으셨네요. Thanks for coming"이라고

말했다.

이 말 또한 내가 직장 다닐 시절, 공항에 도착했을 때

내가 처음 들었던 말이다.

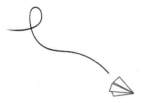

엄마! 나는 사장이 되고 싶어

"엄마, 나는 사장이 되고 싶어."

내가 대학교 때부터 엄마에게 했던 말이다.

그럼 엄마는

"동네 구멍가게도 사장이고.

한 기업의 사장도 사장이야.

너는 어떤 사장이 되고 싶은데?"

"……"

속으로 그걸 내가 정한다고 되는 건가?

20대에 나는 그렇게 생각했다.

나는 마침내 14년 다닌 회사도 퇴사하고
30대 후반이 되어서
여러 기업의 사장도 하고 현재는 컨설턴트로 일하고
계신 나의 아버지뻘 대표님을 만났다.

"사람이 본인만의 엠비셔스가 있는데.
어느 규모의 사장이 되고 싶은 지는 본인이
정하는 거야.
사람이 본인이 그린 데로 가는 거야."라고 나에게
말씀하셨다.

순간 내가 20대에 엄마가 나에게 한 말과 같다는 걸
깨달았다.

회사에서 액션플랜은 세웠는데
막상 내 인생 액션 플랜은 세우지 못했었다.

그렇게 14년이 흘렀다.

내가 만난 컨설턴트님은 미래 액션 플랜을 세우면

100프로 그 방향으로 간다고 했다.

내가 무엇을 원하는지 다시 작성해 봐야겠다.

청첩장

2013년 회사에서 청첩장을 돌렸다.

"너 돈 받으려고 그러지?"

장난으로 했을 수 있었던 말에 난 화가 났다.

어리숙한 나는 화가 나서 1층만 청첩장을 돌리고,

2층은 돌리지 않았다.

그러자 청첩장을 안 돌린다고 욕을 또 먹었다.

청첩장도 다 돌리지 못한 나는

됐어. 돈 안 받아.

나 돈 받으려고 돌린 거 아니야.

치사해서 안 해.

그렇게 나는 내 주변을 잘 살피지 못했다.

사업가가 돼 보니 내 주변 사람들이 얼마나 중요하고

소중한 지 알았지.

청첩장 달라고 한 협력사 파트너 분이 생각났다.

회사에서 돌리지 말라고 해서

못 드렸었는데…

그들은 인맥을 중시했다.

나도 내 주변을 잘 살필 것이다.

한 회사를
파산시킨 적이 있습니다.

잘 되는 사업은 좋은 의사결정의 연속이다.

내가 삼성전자에서 근무하면서 배운 내용이다.

과장으로 진급되었을 때 과장 집합 교육을 갔다.

거기서 의사결정의 중요성을 각 한 사람씩 각 회사의

CEO가 되어서 게임으로 하였다.

마치 블루마블처럼.

나는 거기서 한 회사를 파산시켰다.

의사결정 시기마다 좋은 결정을 하지 못했기 때문이다.

빠르게 의사결정해야 된다는 압박도 있었다.

인간의 뇌는 일어나자마자 가장 좋은 의사결정을 할 수
있는 상태라고 한다.
그래서 아침에 일어나서는 가장 중요한 일을
처리하라고 한다.

내가 사업가가 되기로 결심하고 한 일은 아침에
일어나서 SNS를 보지 않는 것이다.
가장 뇌가 효율이 좋은 시간에 SNS로 낭비하기는 싫다.

이불 개기

예전에 관악구에서 살 때였다.

머리를 했는데 너무 마음에 들지 않았다.

그래서 밤새 스트레스를 받고 그다음 날 아침이

되자마자 미용실에 갔다.

그리고 머리가 마음에 안 드니 환불을 해달라고 했다.

미용실 원장님은 오히려 나에게 투덜대면서

개시도 하기 전에 아침부터 와서 환불을 해달라고

하냐고 뭐라고 했다.

그 당시엔 이해하지 못했다.

고객이 머리가 마음에 들지 않아 밤새 스트레스를
받았는데 오히려 왜 나한테 뭐라고 하는 거지?

이제 사업가가 돼 보니 그 마음을 알았다.

창업 학원에서 시키는 건 다 했다.

아침에 일어나자마자 이불 개기.
책 읽기.
옷 정리하기.
집 청소하기.
불편한 점을 견뎌 보기.
제안하기.

이 중에서 이불 개기가 가장 인상에 남는다.
나는 항상 남편보다 일찍 일어나서 회사에 갔기 때문에
이불을 갤 일이 없었다.

하지만 주말, 그리고 퇴사하고 나서 이불을 개는데
습관이 되지 않은 일을 하려니 꽤 불편했다.

하지만 "해내야지. 하기로 했잖아."라는 마음으로
이불을 갰다.
하다 보니 깨달은 점은 사업가가 되는 것.
성공하는 것은 무엇보다 굉장한 정성이 들어갔다.

누군가에게는 성공한 사업가가 갑자기 한 번에 딱
성공한 처럼 보인다.
하지만 실제 사업가가 되려고 보니
굉장한 정성 그리고 간절한 마음 없인 될 수 없는
것이었다.

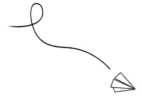

비욘드 바이

현재 같이 일하는 상무님의 고심과 분통은
더 심해져 갔다.
열심히 일한 영업의 대가가 이거였을까?
그 어렵다던 대기업 공급을 성사시켜 놓았다.
하지만 상무님은 아무런 대가를 받지 못한 채 상대방
영업 팀장이 바뀌어버렸다.

새로운 팀장에게 본인의 공이라고 아무리 말해도
믿어주질 않았다.
우리는 현재 공급 물량에 대해 커미션을 요구하였다.
하지만 지금부터 보여달라는 식이었다.

순간 상무님의 얼굴에는 그늘이 낀 채 고개를 떨구었다.

본인이 일본 회사에 30년을 근무하였기 때문에

충분한 어필을 못하였다고 하였다.

그렇게 상무님은 스스로를 자책했다.

순간 내가 이걸 해결하면 어떻게 될까? 하고 상상했다.

이것이 바로 구매를 뛰어넘은 '비욘드 바이'이지 않을

까?라고 생각했다.

상무님과 나는 공급사를 찾아갔다.

내가 상무님을 대신해서 당당히 요구하였다.

상무님은 50%의 체증은 내려간 것 같다고 하였다.

아직 나에게는 할 일이 많이 남았다.

감사합니다.

저자 약력

(현) 전자부품 에이전트 'Beyond Buy' 설립 (2023. 9월)

(전) 삼성전자 구매팀 14년 근무 (2009. 2월 ~ 2023. 6월)

*원자재/반도체/회로/프레스 개발 구매, SCM 등

2013년 삼성전자 생활가전 인상 수상 (원가절감 부문)

2021년 삼성전자 생활가전 인상 수상 (조직 개선 부문)

2022년 전문 바이어 자격 획득

삼성전자 구매팀 CA(Change Agent)로 활동

구매 및 무역 교육 다수 시행

마케팅없이 순수익 올리고 싶어

초판 1쇄 발행　2024년 12월 20일

글쓴이 ｜ 류예주
펴낸이 ｜ 이재은
펴낸곳 ｜ 세상모든책
디자인 ｜ 주기선

주　소 ｜ 경기도 용인시 기흥구 구성로90 (205-1301)
전　화 ｜ 031-274-0561
팩　스 ｜ 031-274-0562
E-mail ｜ everybk@hanmail.net
출판등록 ｜ 1997.11.18. 제10-1151호

ISBN　978-89-5560-397-2